KB103709

작업치료사 고민상담서

작업치료사 고민상담서

발 행 | 2021년 12월 15일
저 자 | 김재욱
펴낸이 | 한건희
펴낸곳 | 주식회사 부크크
출판사등록 | 2014.07.15.(제2014-16호)
주 소 | 서울특별시 금천구 가산디지털1로 119 SK트윈타워 A동 305호
전 화 | 1670-8316
이메일 | info@bookk.co.kr

ISBN | 979-11-372-6563-9

첫 번째 즉문즉답

작고
업민
치상
료담
사서

김재욱 지음

차례

실습이 다 취소되었습니다

 예정된 실습이 다 취소되었습니다. 이제 4학년이 되는데 아직 임상에서 무엇을 어떻게 해야 하는지 도통 모르겠습니다. 겨울에 있을 실습도 거의 취소되어서 그 실습마저 할 수 없게 된다면 임상에 나갔을 때 정말 아무것도 못 할 것 같습니다. 이런 상황을 극복할 방법이 있을까요?

임상, 실습의 연장선 아니다. 새로운 출발선이다.

질문자의 생각과 달리, 실습한 사람이나 실습 못 한 사람이나 처음 임상에 나오면 다 똑같다. 임상에서 무엇을 어떻게 해야 할지 모르는 건, 실습했든 안 했든 마찬가지라는 뜻이다.

왜냐. 그건 임상을 직접 겪어 봐야만 알 수 있는 것이기 때문이다. 작업치료사로서 누구와 무엇을 어떻게 해야 할지는 자신이 속할 임상 현장에서 하나하나 새롭게 배워나가야 한다는 거다.

고로 이 상황을 극복할 방법, 질문자가 임상에 나가기 위해 지금 해야 하는 일에 전념하는 거라 하겠다.

4학년이라 했으니 우선 국시 봐서 치료사 면허증 따고 졸업부터 하시라. 그런 다음 취업 준비 잘해서 임상에 성공적으로 진출하시고.

그렇게 해서 임상에 나오면 자연히 알게 된다, 무엇을 어떻게 해야 하는지. 그땐 모르고 싶어도 모를 수가 없다.

실습한 사람이나 실습 못 한 사람이나 다들 그렇게 시작한다. 질문자도 그렇게 시작하면 된다.

실습 못 한 것이 취업에 미칠 영향

　코로나19 상황으로 저희 학교는 실습을 나가지 못했습니다. 학교에 와서 수업해 주셨던 임상가 선생님의 말씀으로는 실습을 못 한 것이 큰 오점이 될 거라는데요. 그분이 말씀하신 오점이 취업에 얼마나 영향을 미칠까요? 그 영향을 줄이려면 어떤 준비가 필요할까요?

그림을 그린다고 상상해 보자. 흰 도화지에 그리는 게 좋을까, 이미 그림이 그려진 도화지에 그리는 게 좋을까? 난 흰 도화지가 좋을 거라 생각한다. 뭐든 그릴 수 있으니까.

실습을 못 한 거, 아직 흰 도화지라는 얘기다. 어디서 누구와 어떤 치료를 하든지 그때그때 필요한 것을 바로 받아들이고 그에 맞춰 적응할 수 있는 상태라는 말씀. 아시겠는가? 이렇게 보면 오점이 아니라 강점이 된다는 거.

상황은 같은데 왜 그 임상가와 내가 하는 말이 다를까? 핵심은 어떤 상황인가가 아니라 주어진 상황을 어떻게 볼 것인가에 있기 때문이다.

상황은 내 마음대로 할 수 없는 영역이다. 그러나 주어진 상황을 어떻게 볼 건지는 내가 정할 수 있다. 질문자가 할 수 있고 해야 할 일은 상황을 보는 자신의 관점을 스스로 결정하는 거다.

상황을 보는 관점에 따라 생각과 행동이 완전히 달라진다. 관점에 따라 이득이 되는 쪽으로 생각하고 행동하게 되기도 하고 손해가 되는 쪽으로 생각하고 행동하게 되기도 한다. 그렇다면 어떤 관점을 선택하는 게 질문자에게 좋겠는가? 생각해 보시라.

질문자가 실습을 일부러 안 한 것도 아니고 코로나19로 실습이 취소된 것 아닌가. 모두가 납득할 만한 상황이다. 게다가 질문자 혼자만 실습을 못 나간 것도 아니지 않나. 많은 학생이 질문자와 같은 처지일 거다.

많은 이들이 이런 상황에 낙심하고 걱정할 때 오히려 상황을 긍정적으로 받아들이고 마이너스를 플러스로 바꿀 수 있는 사람, 나라면 뽑는다.

게다가 어려운 상황 속에서도 자발적으로 치료사로서의 역량을 키우기 위해 자기가 할 수 있는 노력을 꾸준히 해온 사람, 안 뽑고는 못 배기지. 긍정적 사고, 자발성, 의지력, 성실함, 책임감을 고루 갖춘 인재, 어느 누가 마다할 수 있겠는가.

질문자가 그런 인재인데 뽑아주지 않는다. 그럼 질문자 탓 아니다. 인재를 몰라보는 사람이나 조직 탓이지. 그런데는 애초에 안 가는 게 낫다. 가 봐야 별 볼 일 없을 테니까. 또 훌륭한 인재를 필요로 하고 찾는 곳, 얼마든지 있다.

문제는 상황이 아니라 상황을 보는 관점이다. 주어진 상황을 자신에게 이득이 되는 방향으로 보고 어떻게 활용하면 좋을지 생각해 보시라. 자신이 어떤 인재인지 스스로 파악해 보고 취업 때 어떻게 어필하면 좋을지도 연구해 보시라. 이것이 질문자가 지금부터 해 나가야 할 준비다.

그런 계기로 삼는다면 실습 못 한 거, 오점 아니다. 오히려 자신의 강점과 경쟁력을 발견할 기회다. 기회를 살려 자신에게 유리하게 활용해 보시라.

기회란 게 그렇다. 당시엔 기회처럼 보이지 않는다. 해 본 뒤에 돌아보니 기회였던 것이지. 위기처럼 보이는 지금 상황이 질문자에게 기회가 되길 바란다.

소아, 성인을 결정하는 기준

  2, 3 학년이 되면 소아와 성인 사이에서 많이 고민할 것 같아요. 어떤 기준으로 진로를 정하는 게 좋을지 알려주시면 좋겠습니다.

기준이 될 수 있는 거야 많다. 흥미, 관심, 선호도, 성향, 경험, 가치관, 인생관, 이상, 목표, 의미, 조건 등등.

그중 질문자는 무엇을 기준 삼을 것인가? 그걸 안다면 선택이 쉬워질 것이고 모른다면 선택이 어려워질 것이다. 그러니 내가 아니라 자기 자신에게 무엇을 기준 삼을지 물어봐야 한다.

잠깐 내 얘기를 하면 나도 소아와 성인 중 어느 쪽을 선택할지 고민이었다. 소아에서 실습할 때 아이들이 나를 무척 따랐다. 아이들과 함께하는 것 참 즐겁더라. 아이들의 창창한 미래에 뭔가 힘이 되어 줄 수 있다는 점도 마음에 들었고. 고로 해 보고 싶다는 마음, 생겼다.

그때 아이들과 잘 놀아주면서 즐겁게 실습하는 나를 눈여겨본 팀장이 내게 소아 쪽을 적극적으로 권하기도 했다. 심지어 영입 의사까지 내비쳤다.

실습도 즐거웠고, 소아 쪽에 남자 치료사가 귀한 때이기도 했으며, 팀장이나 되는 사람이 잘할 거 같다 하고, 지원하면 뽑아줄 것 같아서 소아 쪽으로 마음이 기울었다. 소아 쪽을 선택하면 뭔가 일이 술술 풀릴 것 같은 느낌. 근데 난 결국 성인 쪽을 택했다.

왜냐. 그때 나의 선택 기준, 책임감이었다. 어느 쪽 치료를 더 잘 책임질 수 있을지를 기준으로 선택했단 거다.

책임감을 기준으로 보니 성인 쪽을 해야겠다는 확신, 생겼다. 그간 성인 쪽에 더 큰 비중을 두고 공부해 왔고, 내가 성인이다 보니 아무래도 소아보다는 성인을 이해하고 돕는 일이 더 쉽게 와닿았으며, 그만큼 성인 쪽 치료를 더 잘 책임질 수 있겠다고 생각했기 때문이다.

결과적으로 난 그때의 선택에 무척 만족하고 있다. 다시 그때로 돌아간대도 같은 선택을 할 만큼. 경험에 비춰보건대 자기 길을 선택하는 기준, 결국 자신이 정해야 한다는 게 내 결론이다.

질문자가 고민하는 거 당연하다. 아직 자신의 선택 기준을 모를 뿐 아니라 그동안 생각해 볼 기회도 없었을 테니까. 앞으로 졸업할 때까지 더 공부하고 경험하면서 무엇을 기준 삼을지 계속 고민해 보시라.

다만 고민하되 해야 할 고민이 무엇인지는 분명히 알고

하면 좋겠다. 그걸 모르고 하는 고민만큼 무익하고 소모적이고 괴로운 것도 없으니까. 자기 기준을 확립하는 일, 그걸 해내면 이 고민 절로 해결된다.

소아와 성인, 둘 다 하고 싶어요

졸업을 앞두고 소아와 성인 중 어디로 가는 게 좋을지 고민입니다. 전 아이들을 좋아해서 소아 쪽에 관심이 많았습니다. 그래서 소아 쪽을 오랫동안 생각해 왔습니다. 그런데 성인 쪽에서 실습해 보니 성인 쪽도 재미있고 매력적이어서 해 보고 싶어졌습니다. 지금은 소아 쪽도 하고 싶고 성인 쪽도 하고 싶어서 어느 하나를 선택하기가 힘듭니다. 이럴 때 어떻게 하는 게 좋을까요?

1. 우선 둘 다 할 수 있는 데를 찾아보시라. 소아와 성인을 같이 보는 데도 있고, 일정한 기간을 두고 소아와 성인을 돌아가면서 보는 데도 있다.

그런 데서 신입 치료사를 뽑는다면 주저하지 말고 지원하시라. 그런 다음 합격을 위해 모든 힘을 쏟으시라. 그래서 합격하면 고민 끝.

2. 찾아봤는데 그런 곳이 없거나, 못 찾았거나, 있지만 신입 치료사를 뽑지 않는다. 아쉽지만 어쩔 수 없다. 한쪽을 정하는 수밖에.

한쪽을 정해야 한다는 건 알겠는데 양쪽에 다 관심이 있어서 도저히 정할 수 없다면? 그땐 이렇게 해 보시라.

소아든 성인이든 마음에 드는 데가 있으면 가리지 말고 모두 지원하시라. 그리고 먼저 기회가 주어지는 데서부터 시작하는 거다. 그게 소아면 소아부터, 성인이면 성인부터.

그렇게 정해진 데서 시작해 보니 괜찮다 싶으면 거기 쭉 있으면 된다. 그렇지 않거나 다른 쪽에 계속 미련이 남으면 그때 가서 나머지 한쪽, 해 보면 된다. 이미 한쪽은 해 봤으니 안 해 본 다른 쪽을 해 보는 거다. 소아를 해 봤으면 성인을, 성인을 해 봤으면 소아를.

미리 어느 한쪽을 정해야 한다는 법, 없다. 이렇게 하면 시간상의 차이는 생길지 몰라도 양쪽 모두 해 볼 수 있으니 원하는 대로 되는 셈이다.

3. 굳이 어느 한쪽을 정해둬야만 직성이 풀린다면, 아니면 미리 정해서 그곳에만 집중하고 싶다면, 그런데도 어느 한쪽을 정할 수가 없어서 고민이라면? 쉬운 방법으로 가자.

자, 종이를 준비하시라. 종이에 소아와 성인을 따로 적어서 안 보이게 접은 다음, 공중에 힘껏 던지시라. 바닥에 떨어진 종이 가운데 하나를 골라 집어서 펴 보시라. 그리고 거기 적힌 데로 결정하시라. 더는 다른 생각 마시고.

양쪽 다 관심 있고 둘 다 해 보고 싶다는 얘기, 바꿔 말하면 뭐가 돼도 괜찮다는 거다. 정할 수 없다면 정해진 대로 따르는 것도 방법이다.

성적이 중요한가요

취업 준비를 하면서 성적이 좋지 않아서 걱정이 많습니다. 취업하는 데 성적이 중요할까요? 성적 때문에 원하는 곳에 입사하지 못할까 봐 불안합니다. 불안감을 떨쳐내려 하는데 잘 안 돼요. 어떻게 하면 불안감을 떨쳐내고 취업 준비에 집중할 수 있을까요?

성적이 중요한지 아닌지, 내가 단언할 수 없는 문제다. 또 질문자가 걱정할 문제도 아니다. 그건 성적을 볼 사람이 결정할 사안이니까.

성적을 볼 사람이 중요하게 여기면 중요한 거고, 그렇지 않으면 중요하지 않은 거다. 결국 성적을 보는 사람이 어떻게 보느냐에 달린 것이지 성적 자체만으로 어떻다고 단정할 순 없다.

질문자가 해야 할 일은 지원하고 싶은 곳을 정하고, 거기서 원하는 인재상을 파악해서, 그에 부합하는 자신의 역량을 찾고, 그것을 효과적이고 성공적으로 알리는 것이다. 즉, 질문자가 바로 그곳에 적합한 인재라는 걸 증명하는 일이라 하겠다.

왜냐. 질문자가 정말 걱정하는 것은 성적이 중요한가가 아니라 원하는 곳에 입사할 수 있는가 하는 것이기 때문이다. 그러니 취업의 성패를 결정짓는 게 무엇인지 정확히 알고 그것에 집중해서 취업 가능성을 높이는 데 힘써야 한다.

취업의 성패, 성적이 가르는 거 아니다. 성적이 합격 불합격을 가르는 기준이라면, 그래서 중요하다면 수석 졸업자나 성적 우수자는 어디를 지원하든 다 합격하여야 할 것이다. 또 이미 취업한 사람은 모두 성적 우수자이거나 입사한 사람 중 성적 우수자가 최소한 몇 명은 되어야 할 것이다.

실제로 보면 그렇지 않다. 수석 졸업자나 성적 우수자가 떨어지고 그보다 성적이 낮은 지원자가 붙기도 하고 수석 졸업자나 성적 우수자가 없는 조직도 허다하다.

지원자에게 요구하는 서류는 어떠한가. 성적이 기준이라면 성적 증명서만 받으면 될 일이지 왜 이력서, 자기소개서, 자격 증명서 등을 함께 받겠는가. 서류를 준비해서 제출해야 하는 사람이나 서류를 검토해서 합격자를 선발해야 하는 사람이나 모두 힘들게 말이다.

보통 서류 심사 후에는 면접까지 보고 나서 합격자를 선발한다. 왜 그럴까. 성적이 높은 사람이 아니라 필요한 역량을 갖춘 인재를 뽑아야 하기 때문이다. 그래서 성적 증명서 외의 다른 서류를 요구하기도 하고 직접 만나보기까지 하면서 지원자의 역량을 두루 살펴보고 종합적으로 평가해서 가장 적합한 인재라고 생각되는 사람을 뽑는 거다.

한 마디로 취업 성패는 성적이 아니라 필요하고 적합한

인재인지에 달린 것이다. 바꿔 말하면 지원한 곳에 합격 못하더라도 그게 성적 때문만은 아니라는 거다. 그곳에서 요구하는 나의 역량을 성공적으로 어필하지 못했거나, 내가 당장 그곳에 필요한 인재가 아니거나, 아니면 더 적합한 다른 인재가 있어서일 수 있다. 그러니 불합격 통지를 받더라도 성적 때문이라고 생각해서 자신감을 잃거나 걱정하고 불안해할 필요가 없다.

질문자 본인에 대해 공부해 보시라. 본인의 역량을 스스로 파악해 보고 자신만의 경쟁력이라 할 수 있는 것을 찾아 정리해 보시라. 이를테면 질문자만의 이야기, 경험, 노력, 성과, 비전, 목표, 태도, 강점 등등.

그런 다음 취업하고 싶은 곳을 찾아보시라. 그곳에서 어떤 인재를 필요로 하는지 알아보고, 질문자의 역량 가운데 그곳이 요구하는 인재상과 일치하는 부분에 초점을 맞추고, 그것을 중심으로 질문자가 적합한 인재임을 어필하시라.

이게 지금 질문자가 집중해서 해야 할 취업 준비다. 성적만으로 본인의 미래, 속단하지 마시라. 세상 만물에는 다 제자리가 있다고 한다. 질문자를 위한 자리, 당연히 있다. 불안해 말고 준비하시라.

성공적인 취업 준비를 위한 첫걸음

먼저 자기 자신을 알아야 한다.

자신의 목표와 비전이 무엇인지, 가치를 두고 중요하게 여기는 것은 무엇인지, 어떤 일을 좋아하고 잘할 수 있으며 오래 할 수 있는지, 왜 어떤 일은 아무리 노력해도 성과가 나지 않고 괴롭기만 하며 쉽게 그만두게 되는지, 자신의 강점과 단점은 무엇인지, 어떤 조직 문화를 선호하는지, 어떤 사람들과 함께 일하고 싶고 잘 어울릴 수 있는지 등등.

이런 질문을 던져보며 자기 자신을 이해하는 과정이 선행되어야 한다. 자신을 알아야만 어떤 곳에서 어떤 일을 하는 것이 자기에게 맞을지 판단하고 결정할 수 있기 때문이다. 즉 자신을 알아야 효율적이고 효과적인 취업 준비를 위한 선택과 집중도 가능해진다는 얘기다.

흔히 지원할 곳을 찾고 알아보는 데는 상당한 노력을 기울이고 고민도 많이 하지만, 자기 자신을 알아보는 데는 소홀한 경우가 많다.

자기 자신을 모르면 어떤 곳에서 어떤 일을 해야 하는지 범위를 좁힐 수가 없다. 그 결과 공고가 난 모든 곳을 조사해야 하는 일이 벌어진다.

취업 준비에 필요한 선택과 집중이 제대로 되지 않으니 지원할 곳과 해야 할 일에 대한 분석의 폭이나 깊이가 좁고 얕아질 수밖에 없다. 그만큼 취업 준비 역시 비효율적이고 비효과적이 되는 건 당연한 결과라 할 수 있다.

취업 준비는 그렇게 하는 게 아니다. 우선 자신에 대한 충분한 이해를 바탕으로 본인의 특성에 맞춰 지원할 곳과 직무의 범위를 좁혀야 한다. 그런 다음 좁혀진 곳과 직무를 면밀히 분석해서 그에 따른 준비를 해 나가야 하는 것이다.

자기 자신을 아는 것으로부터 취업 준비를 시작하는 것, 나는 이것이 성공적인 취업 준비를 위한 가장 기본적이면서도 중요한 첫걸음이라고 생각한다.

연봉인가요, 의미인가요

제가 지원하고 싶은 곳이 두 군데가 있는데 어느 곳이 나을지 고민입니다. 한 곳은 연봉을 더 받을 수 있는 대신 제가 생각하는 작업치료를 하기는 어려울 것 같고, 나머지 한 곳은 연봉은 적지만 제가 생각하는 작업치료를 배우면서 할 수 있겠다는 생각이 듭니다. 물론 지원한다고 해서 두 군데 다 된다는 보장은 없지만, 두 곳을 놓고 고민하다 보니 연봉과 의미 중 무엇을 따라가는 게 옳은지 궁금해졌습니다. 선생님은 연봉과 의미 중 어느 것이 더 중요하다고 생각하시는지 듣고 싶습니다.

1. 이 고민, 두 군데 다 지원해서 모두 합격한 다음에 하시라. 그때 고민해도 늦지 않는다. 내 생각엔 취업 준비에 전념하는 것, 이 고민을 해결하는 것보다 질문자에게 훨씬 시급하고 중요한 일 같다.

2. 상상의 나래를 펼쳐 보자. 지원했는데 두 군데 다 붙었다. 얼마나 좋을까, 골라 갈 수 있다니. 이런 가정하에서도 이야기해 보자.

그 전에 나도 하나 묻자. 내가 질문자에게 자장면과 짬뽕 중 뭘 먹는 게 좋겠냐고 묻는다면 뭐라고 할 텐가?

아마 "먹고 싶은 것 드세요"라고 할 것이다. 그런데도 여전히 내가 둘 중에 뭘 먹어야 할지 모르겠다고 하면 뭐라고 하겠는가? "그러시면 둘 다 먹을 수 있는 짬짜면은 어떠세요"라고 하지 않겠는가.

내 대답도 마찬가지다. 질문자가 원하는 걸 선택하면 된다. 옳고 그른 거 없다. 옳고 그른 게 있다고 생각하니까 자기 자신에게 솔직해지기 힘든 거다. 솔직하기 힘드니까 어려워지는 거고.

이건 옳고 그름의 문제가 아니라 선택의 문제다. 그러니 자기 자신에게 솔직한 선택을 하시라.

연봉이 중요하면 연봉이 더 높은 곳을 선택하면 되고, 의미가 중요하면 더 의미 있게 치료할 수 있는 곳을 선택하면 된다. 둘 다 원한다면 두 가지를 모두 얻을 수 있는 새로운 곳을 알아보시라. 짬짜면 같은 곳 말이다.

3. 그렇게 해 보려는데 자신이 뭘 원하는지 모르겠다. 실망하지 마시라. 그럴 수 있다. 질문자만 그런 거 아니다. 그런 사람 많다. 이제라도 알았으니 다행이라 생각하고 이제부터 자신이 뭘 원하는지 알아보시라. 늦지 않았다.

자신이 뭘 원하는지 아는 방법, 간단하다. 자기 자신에게 물어보면 된다. 자기한테 안 묻고 자꾸 남한테 물어보니까 알 수 없는 거다.

자기가 원하는 걸 왜 남에게 묻는가. 자기가 자장면을 좋아하는지, 짬뽕을 좋아하는지, 아니면 짬짜면을 좋아하는지 남들이 어떻게 알겠나. 다들 자기 좋아하는 걸 얘기해 줄 뿐이다.

자신에게 물어봤는데 모르겠다고. 그럼 할 수 없다. 직접 먹어보는 수밖에. 자장면도 먹어보고, 짬뽕도 먹어보고, 짬짜면도 먹어보고, 이참에 다른 것도 먹어보면서 뭐가 자기 입맛에 맞고 소화도 잘되는지 알아보시라.

연봉이 괜찮은 곳도 경험해 보고, 연봉은 좀 그래도 의미 있게 치료할 수 있는 곳도 경험해 보고, 괜찮은 연봉을 받으면서 의미 있게 치료할 수 있는 곳도 경험해 보시라. 그 외의 다른 조건도 두루 경험해 본다면 더할 나위 없다.

안다, 마음대로 되는 게 아니라는 거. 그래도 되는 대로 다 지원해 보고 합격한 데서부터 경험을 시작해 보시라. 원래 시작이란 게 그렇다. 일단 하고 봐야 할 수 있는 거다.

4. 이 고민, 연봉이나 의미 때문에 하는 거 아니다. 본인이 아직 뭘 원하는지 모르기 때문에 하는 고민이라는 거, 기억하길 바란다.

자기가 어떤 사람이고 무엇을 원하는지, 어떤 것에 만족하고 행복할 수 있는 사람인지 모르고 사는 것만큼 인생의 낭비가 없다.

왜냐. 인생은 선택의 연속이고, 그걸 알아야 자기가 선택한 인생을 살 수 있기 때문이다. 스스로 선택한 인생을 살아가시라.

나다운 선택을 하려면

나다운 선택을 하기 위해 꼭 점검해 봐야 할 것 중 하나가 바로 가치다. 내가 중요하게 여기는 가치는 무엇인지, 그 가치에 따라 살고 있는지 나 자신에게 물어봐야 한다.

왜냐하면 가치는 내가 지금 어디로 가고 있는지, 앞으로 어디로 가야 하는지, 해야 할 것과 하지 말아야 할 것은 무엇인지, 집중해야 할 것과 지나쳐야 할 것은 무엇인지, 먼저 해야 하는 것과 나중에 해도 되는 것은 무엇인지 등을 알게 해 주기 때문이다.

예컨대 '변화'라는 가치를 중심에 두고 사는 사람과 '안정'이라는 가치를 중심에 두고 사는 사람은 살면서 서로 다른 우선순위를 두고 선택하고 행동하게 된다. 그에 따라 두 사람의 삶은 방향과 결과에서 차이가 날 수밖에 없다.

한 마디로 가치란 내 삶의 방향과 우선순위를 알려주는 나침반 내지는 방향 표지판 같은 것이라 할 수 있다.

세상에는 수많은 가치가 있다. 건강, 성장, 도전, 목표, 균형, 책임, 탁월, 헌신, 소통, 사랑, 가족, 부유, 명예, 변화, 자율, 헌신 등등.

이 중 내가 추구하고자 하는 가치는 누가 정해주는 것이 아니라 나 스스로 선택하는 것이다. 선택한 가치를 내 삶의 기준으로 삼고, 그 기준에 따라 사는 것이 곧 '나답게' 사는 것이고, 그런 삶이야말로 말 그대로 '가치 있는 삶'이라 할 수 있다.

나를 나답게 하는 가치는 무엇인가? 나다움을 지켜주는 가치는 어떤 것인가? 나답게 살아가기 위해 결코 포기하거나 양보할 수 없는 가치는 무엇인가?

이 질문에 스스로 답할 수 있다면 나다운 선택이 무엇인지도 알 수 있을 것이다. 그리고 선택한 방향으로 난 길을 당당히 걸어가는 것이야말로 '나다운 삶' '가치 있는 삶'을 사는 방법이라 할 수 있다.

좋은 직장 나쁜 직장

동훈: 나는 천근만근인 몸을 질질 끌고...
　　　가기 싫은 회사로 간다...

겸덕: 니 몸은 기껏해야 백이십 근.
　　　천근만근인 것은 네 마음.

　　　　　　　　　　　　　　-tvN 드라마 『나의 아저씨』 중

　좋은 직장과 나쁜 직장이 따로 있다고 생각하지만 사실 그렇지 않다. 직장은 좋은 곳도 나쁜 곳도 아니고, 즐겁거나 기쁜 곳도 아니며, 힘들거나 고통스러운 곳도 아니다.

　직장은 그저 그곳일 뿐이다. 다만 그곳을 내가 어떻게 보느냐에 따라 좋고 즐겁고 기쁜 곳이 되기도 하고, 반대로 나쁘고 힘들고 괴로운 곳이 되기도 한다.

직장을 구하는 사람에게 직장은 가고 싶은 곳이자 좋은 곳이다. 자신의 이상을 실현할 수 있고 생계를 스스로 책임질 수 있으며 자신의 쓸모를 확보할 수 있는 현장. 아직 직장을 얻지 못한 사람은 거기가 좋은 곳인 줄 알고 들어가기 위해 온갖 애를 쓴다.

입사해서 직장을 다니다 보면 마음이 달라진다. 인간관계도 힘들고, 월급은 일하는 것에 비해 늘 적고, 하는 일도 적성에 맞지 않는 것 같다. 어느덧 직장은 가기 싫고 그만두고 싶은, 괴로운 곳이 되어 버린다.

더 좋은 직장이 있을 것 같고 그런 곳을 찾아서 옮기고 싶지만 그마저도 쉽지 않다. 어쩔 수 없이 언제 어떻게 그만둬야 할지를 고민하며 출퇴근을 반복할 뿐이다.

똑같은 직장인데도 들어가기 전엔 좋은 곳, 들어간 후에는 나쁜 곳이 된다. 직장이 그런 게 아니라 그곳을 바라보는 자신의 마음에 의해서 말이다. 자기가 가고 싶고 좋아하면 좋은 직장이고, 그만두고 싶고 싫어하면 나쁜 직장이 되는 것이다.

그만두고 싶고 싫어지는 이유, 힘들고 고통스러워지는 이유는 무엇일까? 이직이나 퇴사를 고민하는 사람들의 이야기를 들어보면 이유는 하나로 좁혀진다. 바로 내가 원하는 대로, 내가 바라는 대로, 내 식대로 하고 싶은데 그렇게 안 된다는 거다.

　일은 적게 하고 월급은 많이 받고 싶은데 그게 안 되고, 상사나 동료, 클라이언트가 내 뜻대로 되면 좋겠는데 그게 안 되고, 내 식대로 치료하고 싶은데 그게 안 되고, 내가 원할 때 쉬어야 하는데 그게 안 되고, 승진하면 좋겠는데 그게 안 되고, 하기 싫은 일은 안 하고 싶은데 그게 안 되고. 이렇게 내 뜻대로 안 돼서 그만두거나 옮기고 싶다는 것이다.

　직장이 좋다 나쁘다 말하는데 그건 틀린 말이다. 직장은 직장일 뿐 내 마음이 어떠한가에 따라 좋기도 하고 나쁘기도 한 것이니까.

　이런 사실을 바로 알고, 어떤 관점과 마음으로 직장을 구하고 다닐 것인지 생각해 봤으면 좋겠다.

부모님의 반대를 무릅써야 할까요

취업을 앞두고 부모님과 갈등을 겪고 있습니다. 저는 서울에서 일하고 싶은데 부모님께서는 집과 가까운 곳에 직장을 얻어 다니길 원하십니다. 서울로 가자니 부모님이 걱정하시고 속상하실까 봐 마음에 걸리고, 부모님 뜻을 따르자니 제 마음대로 하지 못하는 게 답답하고 속상합니다. 이렇게 하나 저렇게 하나 마음이 불편하기는 마찬가지이니 어떻게 하면 좋을지 모르겠습니다.

먼저 하나 물어보자. 질문자는 자신을 성인이라고 생각하는가? 만약 그렇다면 성인이라고 생각하는 이유는 무엇인가? 나이 때문인가?

자기가 선택하고 결과를 책임질 수 있어야 성인이다. 그렇지 못하면 아무리 나이를 먹어도 미성년자와 마찬가지다.

질문자가 성인이라면 본인이 선택하고 결정해야 한다. 질문자의 선택과 결정을 부모님이 이해해 주시면 다행이지만, 아니어도 어쩔 수 없다.

물론 자녀를 걱정하는 부모의 마음을 헤아려서 부모님이 질문자의 선택과 결정을 이해하고 받아들이실 수 있도록 최선을 다하는 건 필요한 일이다. 하지만 이해하고 받아들이는 건 부모님의 선택이지 질문자가 어떻게 할 수 있는 게 아니라는 점은 분명히 알아야 한다.

부모님 말씀을 귀담아듣고 그 심정을 헤아려 드리는 것역시 필요한 일이다. 이때 부모님 말씀이 질문자의 생각과 다르더라도 공손한 태도로 "네, 알겠습니다." "아버지, 어머니께서 걱정하시는 것이 무엇인지 잘 알겠습니다." "저를위해서 해 주시는 말씀 감사합니다."라고 하시라. 질문자를 위해서 하는 말인데 질문자가 그 마음을 몰라주고 반박하고 따진다면 해결은커녕 다툼이 생기고 서로 상처를 주고받게 될 뿐이다.

부모님 말씀을 귀담아듣고 참고하되 선택과 결정은 질문자가 원하는 대로 하면 된다. 서울에서 취업하고 싶으면 서울에서 하고, 부모님 뜻대로 집 근처에서 취업하고 싶으면 집 근처에서 하면 된다.

중요한 건 서울에서 할지 집 근처에서 할지가 아니다. 어디에서 취업하든 그것이 질문자의 의지와 선택에 따른 것인지, 질문자가 책임질 것인지가 중요한 거다.

냉정하게 생각해 보자. 부모님이 취업하실 게 아니지 않은가. 취업은 질문자가 하는 거다. 그러니 어디서 취업할지는 당사자인 질문자가 정하는 게 당연하고 그렇게 해야 하는 거다. 부모님 핑계를 대며 스스로 해야 할 선택과 결정을 피하거나 포기하는 건 바람직한 태도가 아니다.

부모님이 걱정하시고 속상하실까 봐 염려되는가? 부모님의 감정까지 질문자가 책임지려 하지 마시라. 그건 부모님이 알아서 하실 일이다. 부모님의 감정은 부모님이 책임져야 할 당신 선택의 결과이다. 질문자는 본인이 선택하고 책임져야 하는 일에 전념하면 된다.

단, 질문자가 서울로 가기로 했다면 부모님 지원을 기대해서는 안 된다. 스스로 선택하고 결정한 일이니, 그에 따르는 책임 역시 질문자의 몫이다. 서울로 취직하기 위해 해결해야 할 문제는 질문자의 힘으로 감당해야 한다.

자신을 성인이라고 생각한다면 행동도 성인다워야 한다. 본인이 원하는 선택을 하고 스스로 책임지는 삶을 살아가야 한다. 앞으로 그렇게 하겠다가 아니라 지금 당장 그렇게 해야 한다.

부모님이 질문자에게 바라는 게 무엇일까? 왜 질문자가 집 근처에서 취업하길 원하실까? 그건 질문자가 편하고 행복하게 살았으면 해서다. 그럴 수 있도록 곁에서 보살펴주고 도와주고 싶어서다. 그게 바로 부모님이 질문자의 인생에 참견 아닌 참견을 하는 이유다.

부모님이 바라는 것이 질문자의 행복이기 때문에 질문자가 정말 부모님을 생각한다면 더더욱 자기 자신이 행복하고 만족할 수 있는 선택을 해야 하는 거다. 원하지도 않는 선택을 억지로 해서 불행해진다면 그건 질문자 자신뿐 아니라 부모님까지도 불행하게 만드는 일이라는 걸 알아야 한다. 질문자가 선택한 삶을 행복하게 살아가는 것이 질문자와 부모님 모두를 행복하게 하는 일이라는 걸 잊지 마시라.

질문자의 인생은 질문자의 것이다. 누구의 자녀가 아닌 질문자 자신으로 살 수 있어야 한다. 자유롭게 선택하고 스스로 책임지면서 자기 인생을 사시라.

자기 삶의 주인으로 사는 법

우리는 알게 모르게 주위 사람의 기대에 맞춰 살아간다. 이런 모습을 프랑스의 정신분석학자인 라캉은 "인간은 타자의 욕망을 욕망한다"라는 말로 표현했다. 남들이 자기에게 기대하는 것을 자신이 원하는 것으로 착각한다는 얘기다.

살면서 남의 눈치를 안 보거나 그렇게 살 수 있는 사람은 아마 없을 것이다. 원하는 것이 있지만 이 사람 저 사람 눈치를 살피다가 결국 다른 사람이 기대하고 원하는 대로 하고 살 때가 얼마나 많은가.

그때 겪게 되는 고통을 줄이기 위해 그것을 '수용' '배려' '친절'이란 말로 그럴싸하게 포장하지만, 자기가 정말 원해서가 아니라 마지못해서 하는 선택을, 기쁜 마음이 아닌 어쩔 수 없이 하는 선택을 '수용' '배려' '친절'이라 부르는 건 아무래도 억지스럽다.

다른 사람과 함께 어울려 살아가야 하는 인간의 숙명을 생각한다면 항상 자기가 원하는 대로 사는 것은 애초에 불가능한 일인지도 모른다. 또 무조건 자기가 원하는 대로 사는 것을 좋다고만 할 수도 없다.

그러나 타인의 기대나 욕망을 따르기 위해 자신의 인생을 허비하는 것은 단호히 경계해야 마땅하다. 노예 같은 삶을 살고 싶지 않다면 말이다.

자기 삶의 주인이 되려면 우선 자기 욕망의 주인이 되는 것부터 시작해야 한다. 그러기 위해선 자신의 욕망과 타인의 욕망을 구분할 줄 알아야 한다. 어떤 일을 할 때 그것이 내가 정말 원해서 하는 것인지, 아니면 나에게 중요한 누군가가 내게 그것을 원하고 기대하니까 하는 것인지 알아야 한다는 뜻이다.

답을 얻기 위해선 질문을 해야 한다. 타인에게 자신을 입증하기 위해서가 아닌, 자기 자신을 위해서 하고 싶고 해야 한다고 생각하는 것이 무엇인지, 어떤 것을 할 때 즐겁고 재미있는지 스스로 묻고 답을 얻어야 한다.

자기 욕망을 알았다면 타인에게 그것을 분명하게 밝힐 수 있어야 한다. 타인의 기대를 저버리는 연습도 필요하다. 늘 타인의 기대에 부응하기 위해 아등바등하거나 타인의 마음에 들기 위해 자기 욕망을 숨기거나 밝히길 포기한다면, 타인이 원하고 기대하고 요구하는 대로 살 수밖에 없다. 즉 타인의 욕망에 맞춰 살아가게 되는 것이다.

설령 그렇게 해서 타인의 기대에 부응하고 마음을 얻는다고 해도 그 관계는 오래갈 수 없다. 그를 만날 때마다 끌려다녀야 하니 얼마나 괴롭겠는가. 결국 부담스럽고 불편하고 괴로워서 자기가 먼저 거리를 두게 된다.

철학자 존 스튜어트 밀이 말했다.

"사람은 누구든지 자신의 삶을 자기 방식대로 살아가는 것이 바람직하다. 그 방식이 최선이어서가 아니라, 자기 방식대로 사는 길이기 때문에 바람직한 것이다."

한 번뿐인 삶이다. 삶과 욕망의 주인이 되어 자기 방식대로 살아가야 하지 않겠는가.

잘못된 선택일까 봐 두렵습니다

원래 소아에 관심이 있었는데 실습을 성인만 하게 되었습니다. 그러다 보니 소아 쪽으로 취업하는 게 걱정되고 겁이 났습니다. 그래서 일단 성인 쪽을 지원해 봤는데 다행히 합격해서 입사할 날을 기다리고 있습니다. 그러던 중 성인과 소아를 모두 볼 수 있는 병원에서 치료사 모집 공고가 났고, 혹시나 싶어 서류를 넣었는데 서류 심사에 통과해서 면접을 앞두고 있는 상황입니다. 아직 결과는 알 수 없지만 만약 합격하게 된다면 어디를 선택하는 것이 제게 이득이 될까요? 소아를 함께 볼 수 있는 곳을 가고 싶기는 한데, 소아 실습 경험이 아예 없다 보니 망설여집니다. 관심만 가지고 선택해도 될지, 그랬을 때 잘못된 선택을 하게 되는 건 아닌지 두렵습니다.

1. 어떤 선택이든 이익과 손해는 공존하기 마련이다. 이익만 있는 선택도 없고 손해만 있는 선택도 없다. 근데 이익만 가지고 어느 것이 더 나을지 따지고 있기 때문에 선택을 망설이게 되는 것이다. 손해는 안 보고 이익만 볼 수 있는 선택 같은 건 없다.

또 뭐가 더 이득일지는 지금 아무리 고민해 봐야 알 수 없다. 그건 지나 봐야 알 수 있는 거니까. 지금 생각에는 이득 같은데 나중에 보면 손해일 수 있고, 반대로 지금은 손해 같은데 나중에 보면 이득일 수 있는 게 바로 선택의 속성이기 때문이다.

고로 질문자에겐 이익과 손해가 아닌 마음을 따르는 선택이 필요하다.

2. 낯선 곳과 익숙한 곳 중 어디를 갈 때 더 두렵고 걱정스럽겠는가? 아마 전자가 후자에 비해 더 두렵고 걱정스러울 것이다. 질문자가 소아 쪽을 선택하길 두려워하고 걱정하는 이유도 마찬가지다.

두려울 수 있다. 근데 해 보지 않아서 생기는 두려움은 막상 해 보면 사라지게 되어 있다. 지금 질문자에게 필요한 건 두려움에 맞서서 자기가 하고 싶은 걸 그냥 하는 거다. 직접 부딪혀 보면 두려워할 필요가 없었다는 거, 알게 될 테니까.

하고 싶은 게 있는데 두렵고 걱정돼서 시도도 안 해 보고 포기한다, 이거야 말로 잘못된 선택이 아니고 무엇이겠는가.

성인 쪽 실습을 했다고 해서 성인이 소아보다 나을 거란 보장은 없다. 실습을 한 것이지 직접 치료를 해 본 건 아니지 않은가. 성인이든 소아든 치료가 처음인 것은 마찬가지란 얘기다. 그렇다면 어느 쪽이든 임상에 나가서 질문자 하기 나름 아니겠는가.

3. 묻겠다. 이익과 손해가 똑같다면, 그래서 마음을 따르라고 한다면 질문자는 어느 쪽을 선택하겠는가? 안 해 본 것에 대한 두려움이 없다면 질문자는 어떤 선택을 하고 싶은가? 이 질문에 대한 대답이 바로 질문자가 해야 할 선택이다.

좋은 치료사가 될 수 있을까요

좋은 치료사가 되고 싶은데 그럴 수 있을지 걱정입니다. 치료사가 되고 보니 누군가의 인생을 책임져야 한다는 생각에 어깨가 무겁습니다. 조언을 구하고 싶습니다. 좋은 치료사가 되기 위해 열심히 공부는 하고 있는데, 이렇게 해서 좋은 치료사가 될 수 있을까요?

인생의 책임, 누구에게나 자기 자신의 몫이다. 질문자가 누군가의 인생을 책임져야 해서 어깨가 무거울 일, 없다.

누가 누구의 인생을 책임지는가. 다른 사람 인생을 책임질 걱정은 말고 질문자 본인의 인생을 책임지는 데에 충실하시라. 인생의 책임에 관해선 그거면 충분하다.

좋은 치료사라, 너무 막연하다. 좋은 치료사란 어떤 치료사를 말하는가? 질문자가 생각하는 좋은 치료사는 구체적으로 어떤 치료사인가?

어려움을 겪는 이에게 조금이라도 도움이 될 수 있도록 당장 자기가 할 수 있는 일에 최선을 다하는 치료사를 뜻한다면, 질문자는 좋은 치료사가 될 자질이 충분하다고 생각한다. 만나는 이에게 도움이 되기 위해 현재 질문자가 할 수 있는 일인 공부를 열심히 하고 있으니 말이다.

만약 좋은 치료사를 다르게 정의한다면 그 정의에 자신을 비춰 보시라. 그럼 다른 누구에게 묻지 않아도 질문자 스스로 좋은 치료사인지 아닌지, 좋은 치료사가 되기 위해 무엇을 어떻게 해야 하는지 알 수 있을 것이다.

무작정 열심히 하는 것이 능사가 아니다. 그건 목적지도 모르면서 일단 아무 버스나 타는 것과 다름없다. 무엇을 위해 어떤 것을 열심히 해야 하는지 알아야 한다.

그럴 때 자신이 가야 할 길을 스스로 개척하며 나아갈 수 있다. 자기만의 목적지와 이정표를 세우는 것이 필요한 이유다.

되고 싶은 내가 되는 방법

우리는 Be, Do, Have의 존재라고 할 수 있다. 어떤 자신이 되고 싶은지 정하고(Be) 그에 따라 행동하고(Do) 성과를 얻으며(Have) 살아갈 수 있기 때문이다.

만약 자신을 '작업치료사답게 작업치료를 하는 나(Be)'라고 정했다고 가정해 보자. 그럼 어떻게 행동하고(Do) 어떤 결과를 얻게 될까(Have)?

스스로 정한 자신(Be)이 되기 위해 '클라이언트의 관점과 입장을 중심으로 생각한다' '클라이언트가 의미와 목적을 두는 것에 치료의 초점을 맞춘다' '클라이언트의 방식으로 작업을 수행하도록 돕는다' 등의 행동(Do)을 하게 될 것이다.

그 행동을 통해서는 '클라이언트 중심의 관점을 실천한다'

'작업 기반의 치료를 진행한다' '클라이언트가 신뢰하고 만족한다' '작업치료를 하면서 즐거움과 보람을 느낀다' 등의 성과(Have)를 얻을 수 있을 것이다.

인간은 태어나면서부터 존재한다. 그 후에 어떤 인간이 될지가 결정된다. 먼저 존재하기 때문에 어떤 존재가 될 것인지가 중요한 것이며, 어떤 존재가 될지는 스스로 결정하고 만들어갈 수 있는 것이다.

먼저 되고 싶은 자신(Be)을 상상하라. 상상하는 모습이 되기 위해 무엇을 하고(Do) 어떤 성과를 만들어 내고 싶은지(Have) 생각하라. 최대한 구체적이고 분명하게.

되고 싶은 자신을 스스로 정하지 않으면 자기 자신을 만들어갈 수 없다. 되고 싶은 자신이 아닌 주변 상황이나 다른 사람의 기대나 요구에 따라 결정되고 만들어진 자신을 만나게 된다. 그럴 때 자기가 누구인지 모른 채 살아가는 비극을 맞이하게 되는 것이다.

매일 아침 '되고 싶은 나'를 정하고 하루를 시작하라. 그날 하루를 어떻게 보내야 하는지 알게 될 것이다. 스스로 정한 '나'에 걸맞은 행동을 하고 그에 따른 성과도 얻을 수 있을 것이다.

콩 심은 데 콩 나고 팥 심은 데 팥 난다는 말처럼 우선 되고 싶은 자신의 씨앗을 골라 심어야 미래의 되고 싶은 자신으로 자라고 열매 맺을 수 있다.

'어떤 사람이 될지' '어떤 치료사가 될지'는 스스로 결정하고 만들어갈 수 있다. 되고 싶은 자기 모습을 상상하고, 그렇게 되기 위해 행동하고, 그에 따른 성과를 얻으면서.

당신도 예외가 아니다.

저 자신이 실망스럽습니다

이제 막 병원에 입사한 새내기 작업치료사입니다. 저는 클라이언트에게 도움이 되는 치료사가 되고 싶습니다. 그러려면 아는 게 많아야 할 것 같아서 학생 때 나름대로 공부도 열심히 했습니다. 근데 막상 치료사가 되어서 치료해 보니 저 자신이 실망스럽기만 합니다. 모르는 것투성이에다 클라이언트에게 도움도 되지 못하는 거 같아요. 그러다 보니 치료에 자신이 없고 그런 제 모습을 볼 때마다 또다시 실망하게 됩니다. 어떻게 해야 할지 모르겠습니다. 조언을 부탁드립니다.

최근 플랭크를 시작했다. 플랭크는 팔굽혀펴기와 비슷한 자세를 최대한 유지하는 운동이다.

시작은 이랬다. 방송에서 80세가 넘은 어르신이 플랭크를 5분 이상 하는 걸 봤다. '그게 뭐 대수라고 방송까지 나오는가' 싶었다. '그 정도는 나도 할 수 있겠는데'라는 생각이 들어 바로 시도해 봤다.

근데 웬걸, 5분은커녕 1분도 버티기 힘들었다. 사시나무 떨듯 온몸을 부들부들 떨면서 1분을 간신히 버텨냈다. 이럴 수가 이 정도밖에 안 되다니, 충격이었다. 나의 체력에 무척 실망했다.

물론 그 어르신은 수년간 하루도 빠짐없이 플랭크를 해오신 분이다. 처음에는 10초도 힘들었다고 한다. 그래서 일주일에 1초씩 늘려서 1년에 1분을 해 보자는 결심으로 매일 꾸준히 한 덕분에 5분 이상도 거뜬해진 거라고 한다.

사실 그 얘기, 내게 별 위안이 되지 못했다. 기대가 컸던 만큼 실망감도 대단히 컸으니까. 그래도 별수 있나 받아들이는 수밖에.

플랭크를 직접 해 보기 전 내 체력, 스스로 과대평가했다. 실제 수준을 알고 나서 충격받고 실망한 이유다.

나 자신을 몰라도 너무 몰랐던 거지. 하지만 거기까지. 이제 알았으니 지금 할 수 있는 정도에서 앞으로 조금씩 늘려가면 된다고 생각했다. 그래서 1분 10초를 버티는 것부터 시작해서 일주일에 1초씩 늘려가는 중이다. 그러다 보면 언젠가 5분 이상도 거뜬해지겠지, 하면서.

치료도 마찬가지다. 직접 치료해 보기 전엔 흔히 자신을 과대평가하곤 한다. 자기가 되고 싶은 모습을 현재의 자신과 동일시하면서 말이다.

현재 자기 수준을 정확히 모르는 거다. 물론 그럴 수 있다고 생각한다. 치료해 본 적이 없었으니 자기 수준이 어느 정도인지 모르는 건 어찌 보면 당연한 일이다.

문제는 막상 치료해 보고 나서 '내가 이 정도밖에 안 되다니' 하고 낙심하고 실망한다는 데 있다. 당연한 걸 당연하게 받아들이지 못하는 거다.

그 정도밖에 안 되는 거 맞다. 처음인데 엄청나게 잘할

줄 알았나. 알았으면 쿨하게 인정하시라. 낙심하고 실망할
게 아니라 꾸준히 조금씩 나아지는 길을 택하시라.

매일 치료하면서 궁금한 건 찾아보고, 모르는 건 공부하
고, 잘못한 건 바로잡고, 틀린 건 고치고, 부족한 건 채워나
가시라.

자기 자신을 제대로 아는 것, 무슨 일을 하든 기본이고
중요하다. 그걸 모르면 자신을 과대평가해서 오르지 못할
나무부터 오르려고 한다. 그러다가 떨어져서 크게 다치거나
그 뒤로 나무는 아예 쳐다보지도 않게 된다.

이 말 뒤집어 보면 자기 자신을 제대로 알면 어떤 나무부
터 올라가야 하는지, 오르려면 어떻게 해야 하는지, 더 높
은 나무에 오르기 위해서는 어떤 과정과 연습을 거쳐야 하
는지 알 수 있다는 거다.

오르고 싶은 나무, 쳐다보시라.

오르고 싶은 바람, 가지시라.

계속 쳐다보고 바라되 우선 지금 올라야 하고 당장 오를

수 있는 나무부터 오르면서 실력과 경험을 쌓으시라. 그 과정에서 서툴고 부족하고 만족스럽지 않은 자기 모습을 보게 되더라도 낙심하거나 실망하지 마시라. 조급해할 필요도 없다. 그게 당연한 거고 점차 나아질 테니까.

질문자가 지금 올라야 하고 당장 오를 수 있는 나무는 어떤 것인가? 그 나무부터 시작해 보시라.

어떻게 하면 치료를 잘할 수 있을까요

치료를 정말 잘하는 치료사가 되고 싶어요. 어떤 클라이언트를 만나든 막힘없이 치료할 수 있고 어떤 문제든 해결할 수 있는 치료사가 되는 게 저의 목표입니다. 그 목표를 이뤄서 저 스스로 치료를 잘하는 치료사라고 자부할 수 있으면 좋겠고 제게 치료받는 사람들에게서도 치료를 잘하는 치료사라는 말을 듣고 싶습니다. 최대한 빨리 그런 치료사가 되고 싶은데 그러려면 뭐부터 하는 게 좋을까요?

질문자가 원하는 수준에 이르려면 사서 고생을 해 봐야 한다. 그것도 아주 많이, 그리고 속된 말로 아주 빡세게.

풀어 말하자면 힘들고 어려운 클라이언트도 많이 겪어보고 힘들고 어려운 치료도 많이 해 보면서 내공을 쌓고 다져야 한다는 거다.

남들이 힘들다고 하는 클라이언트의 치료, 남들은 안 하려고 하는 클라이언트의 치료, 모두가 어렵다고 꺼리는 치료는 도맡아 하시라.

남들은 어떻게 하면 치료를 덜 할 수 있을까 고민할 때 질문자는 어떻게 하면 치료를 더 많이 할 수 있을까 고민하고 남들보다 더 많이 치료하시라.

남들은 어떻게 하면 치료를 편하게 할 수 있을까 고민할 때 질문자는 어떻게 하면 치료를 더 잘할 수 있을까 고민하며 매 순간 탁월하게 치료하기 위해 온 힘을 다하시라.

쉽지 않은 클라이언트를 만나거나 어렵다고 생각되는 치료를 하게 된다면 기뻐하시라. 원하는 수준에 도달하는 데 필요한 실력을 쌓고 내공을 탄탄하게 다질 기회이니까. 그땐 쾌재를 부르며 질문자가 할 수 있는 모든 걸 시도해 보고 그 과정에서 배울 수 있는 모든 것을 배우려고 하시라.

세상에 공짜는 없다. 원하는 것이 있으면 그만한 값을 치러야 한다. 질문자가 치러야 하는 값은 이 모든 것을 고생이라 여기지 않고 본인이 원하는 수준에 도달하기 위한 연습과 훈련이라고 생각하며 즐기는 것이다.

그만한 값을 치를 각오가 되어 있는가?

본인의 바람과 목표에 걸맞은 노력을 기울일 준비가 되어 있는가?

그럴 각오가 되어 있고 그만한 노력을 기울일 준비가 되어 있다면 이제부터는 구체적으로 어떤 일을 해야 하는지 이야기해 보자.

먼저 할 일은 앞으로 어떻게 되겠다 또는 어떻게 되어야 한다는 생각을 내려놓고 매일 만나는 클라이언트 한 명 한 명에게 집중하는 것이다.

천 리 길도 한 걸음부터라는 말처럼 아무리 큰일도 시작은 작은 일에서 비롯된다. 근데 천 리 길같이 너무 먼 지점만 바라보고 있으면 한 걸음처럼 보이는 '지금'에 소홀해지기 쉽다.

잊지 마시라. 언제나 한 걸음부터다. 지금 만나는 클라이언트 한 사람 한 사람에게 충실한 것부터가 시작이다. 지금 만나는 클라이언트에게 집중하는 것, 당장 이보다 더 중요하고 시급한 건 없다.

다음 할 일은 오늘의 치료에 기대지 않고 더 나은 내일의 치료를 준비하는 것이다. 오늘 한 치료를 돌아보고 다음 날 더 나은 치료를 하기 위해 무엇이 필요한지 생각하고 연구하는 시간을 가지시라.

다음 날 치료 때는 전날 생각하고 연구한 것을 바탕으로 이렇게도 해 보고 저렇게도 해 보면서 되는 것과 안 되는 것을 파악해 보시라. 되는 것은 왜 되고 안 되는 것은 왜 안 되는지 분석해서 알아보고, 이런 때는 어떻게 해야 하고 저런 때는 어떻게 해야 하는지 스스로 배우고 깨치시라.

배우고 깨달은 것은 모두 기록하시라. 그리고 매일 업데이트하고 업그레이드하시라. 만약 오늘 업데이트하고 업그

레이드할 게 없다면 어제에 기대거나 안주해 버린 것일지도 모른다. 배우고 깨우칠 것은 늘 있기 마련이니까. 다만 그 것은 찾고자 하는 사람만이 발견할 수 있는 것이다.

질문자가 바라고 목표하는 수준에 다다를 때까지 이 과정을 반복하시라. 말 그대로 부단한 노력이 필요하다.

최대한 빨리 원하는 수준에 도달하고 싶다고 했는데, 지금 질문자에게 중요한 건 목표한 지점에 빨리 도달하는 게 아니라 목표한 지점까지 완주하는 거라고 생각한다. 완주하지 못하면 도달할 수도 없을 테니까. 그러니 빨리 가는 것보다 끝까지 가는 것에 의미를 두고 질문자의 속도로 나아가면 좋겠다.

완주를 빈다.

어떻게 성장해야 하는가

우리는 실제 모습이 아닌 바라는 이상적인 모습이나 어떠 해야 한다고 믿는 당위적인 모습을 현재 자기 모습으로 착 각할 때가 있다.

실제로는 50 정도의 수준인데 100의 모습을 자기 모습이 라고 착각하면 50의 부족함을 깨닫게 될 때마다 자기 자신 을 못마땅하게 여기고 형편없다고 생각하게 된다. 또 자기 는 당연히 100이어야 한다고 생각하는데 50밖에 안 되니 그 차이 때문에 늘 긴장하고 불안감을 느끼게 된다.

문제는 자기 수준이 50인 것이 아니라 50인 것을 인정하 고 긍정하지 못하는 데 있다. 자신이 못마땅한 것은 진짜 형편없어서가 아니라 자신을 과대평가하고 있기 때문이다. 긴장과 불안 역시 100이 되어야 해서가 아니라 당연히 100

이 되어야 한다고 믿는 데서 생겨나는 것이다. 도대체 당연히 100이 되어야 한다는 근거는 무엇인가? 결국 자신을 향한 근거 없는 강박감이 긴장과 불안을 일으키는 것이다.

존재에는 우월한 것도 열등한 것도 없다. 우열은 비교와 망상에서 생겨나는 것일 뿐이다. 원하는 모습으로 성장하고 싶다면 우선 자기 존재를 있는 그대로 인정하고 긍정할 줄 알아야 한다. 비교의식과 망상에서 벗어나 자기 자신을 똑바로 알고 받아들일 수 있을 때 괴로움 없이 성장하는 길도 찾을 수 있기 때문이다.

치료를 망쳐서 괴로울 때

열심히 했지만 치료가 마음처럼 되지 않아서 괴로운가? 치료를 망친 것 같아서 속상한가? 이런 마음을 추스르기 어렵다면 자기 자신에게 이렇게 말해주자.

"지금은 모든 걸 망친 것 같고 큰일이 난 것 같겠지. 지나고 나면 아무것도 아니야. 낙심하고 주눅들 거 없어. 앞으로 치료할 날이 많은데, 뭐. 다음 치료 때 또 기회가 있어. 괜찮아, 더 잘할 수 있어."

최선을 다했다면 이런 말, 들을 자격 있다. 아니, 들어야 마땅하다. 그러니 쑥스럽고 어색하더라도 한번 해 보자.

부족함을 알고서도 자기 자신을 향한 믿음을 굳건하게 유지하는 것이 바로 자존감이다. 치료가 마음처럼 되지 않을 때 괴로워하고 속상해하기보다는 자존감을 강화하는 기회로 삼아보면 어떨까.

수고하고 애쓴 자기 자신에게 좀 더 관대해지자. 위로와 격려를 아끼지 말자. 자존감을 키우자. 지나고 보면 정말 별일 아니다.

환자가 저를 싫어합니다

　환자 중에 저에 대한 태도나 말투가 퉁명스러워서 제게 꼭 화난 사람 같은 분이 있어요. 말을 걸어도 대답도 잘 안 해주시고 대답을 해도 아주 짧게만 하시거든요. 제게 눈길도 잘 안 주시고 항상 인상을 찌푸리고 있으세요. 그래도 치료는 열심히 하시는데 자꾸 신경이 쓰이는 거예요. 안 되겠다 싶어서 단도직입적으로 물어봤죠. 저 싫어하시냐고요. 그랬더니 "응. 선생님, 싫어" 이러시는 거예요. 그래서 제가 다시 "정말 저 싫으세요?"라고 물었더니 "응. 싫어"라고 하시는 거 있죠. 저는 이분이 어렵긴 해도 싫지 않고 잘해보려고 노력을 많이 하고 있는데, 제가 싫다고 하니까 자신감도 떨어지고 어떻게 해야 할지 잘 모르겠더라고요. 저와 함께 근무하는 선생님이 신입 치료사 교육 때 "rapport가 치료의 전부라 해도 과언이 아니야"라고 하셔서 rapport 형성에 무척 애를 쓰고 있는데 그게 잘 안되니까 속상하고 치료가 더 어렵게 느껴져요.

환자가 질문자를 찾아오는 목적이 무엇인가? 질문자가 환자를 만나야 하는 이유는 무엇인가? 서로 친분을 쌓고 좋은 관계를 맺기 위해서인가? 서로 좋아하고 친하게 지내기 위해서인가?

환자가 질문자를 찾아오는 목적은 작업치료를 하기 위해서다. 질문자가 환자를 만나야 하는 이유 역시 작업치료를 하기 위함이고. 서로 좋아하고 친해지기 위해서가 아니라 치료를 위해서 만나는 거란 얘기다.

관계는 클라이언트와 함께하는 작업치료라는 여정을 더욱 더 즐겁고 풍성하게 만드는 하나의 요소일 뿐 그 자체가 종착지는 아니다. 질문자가 초점을 맞춰야 하는 것은 환자가 질문자를 좋아하는지가 아니라 환자에게 필요한 작업치료가 제대로 이루어지고 있는지다.

물론 환자가 질문자를 좋아하고 질문자도 환자가 더 편해진다면 그건 분명 좋은 일이다. 그러나 환자가 질문자를 좋아하고 안 좋아하고는 환자에게 달린 일이다. 그렇기 때문에 질문자가 어떻게 할 수 있는 문제가 아니라는 점을 직시해야 한다.

다시 말해 환자의 마음을 얻고 친분을 쌓기 위해 노력하는 건 질문자에게 달린 일이지만, 질문자가 노력했다고 해서 환자가 반드시 질문자를 좋아할 거라고 생각하거나 좋아해야 한다고 생각해서는 안 된다는 얘기다. 그건 질문자의 노력에 따른 필연적인 결과가 아니라 환자의 마음에 따라 그럴 수도 있고 아닐 수도 있는 결과이기 때문이다.

열심히 치료하는 것만으로도 나를 좋아해 주는 환자가 있는가 하면, 치료와 관계 둘 다를 위해 노력하는데도 나를 좋아해 주지 않는 환자도 있을 수 있다. 또 치료나 관계를 위한 노력과는 별개로 그냥 나라는 사람 자체를 좋아해 주거나 좋아해 주지 않는 환자도 있을 수 있는 거다.

이렇다는 건 내가 어떠해서가 아니라 나를 보는 사람이 어떠한지에 따라 좋고 싫음이 정해진다는 방증이라 할 수 있다. 즉 상대가 나를 어떻게 보는지에 따라 내가 좋을 수도 있고, 싫을 수도 있고, 좋지도 싫지도 않을 수 있다는 의미다.

질문자를 싫어한다는 환자도 마찬가지다. 질문자가 어떠해서가 아니라 질문자를 보는 환자의 마음이 그런 것뿐이다. 질문자가 노력했다고 환자가 질문자를 무조건 좋아할 거란 법이 어디 있는가. 또 좋아해야 한다는 법도 없다. 따라서 노력했으니 좋아했으면 좋겠다 혹은 좋아해야 한다는 착각에서 깨어나면 문제 될 게 없다. 내가 노력했어도 상대는 나를 좋아하지 않을 수도 있기 때문이다.

만약 환자가 질문자를 싫어해서 치료가 제대로 안 될 지경이라면 치료를 함께할 수 없는 거다. 그땐 혼자서 끙끙 앓지 말고 부서장과 주치의에게 상황을 알리고 치료사를 교체하든지 아니면 다른 해결 방법을 함께 찾아봐야 마땅하다. 환자와 질문자 모두를 위해서 말이다.

'rapport'가 치료의 중요한 요소인 건 맞다. 선배 치료사가 한 말도 그 중요성을 강조하고자 했던 거라 생각된다. 근데 'rapport' 자체가 치료의 목적이거나 치료의 전부인 건 또 아니다. 그럴 수도 없고 그래서도 안 된다.

'rapport' 형성을 위해 최선을 다하는 건 필요한 일이지만, 지금과 같은 고민 탓에 환자를 대하고 치료하는 데 방해가 될 정도라면 지나치다고 할 수 있다.

환자가 질문자를 찾아오는 이유와 목적에 초점을 맞추시라. 환자가 좋아하지 않는다는 질문자를 찾아오는 이유와 목적이 무엇이겠는가. 그건 좋고 싫음을 떠나서 질문자에게 원하고 필요로 하는 것이 있어서가 아니겠는가.

그런 것이 없다면 싫다는 질문자와 함께하는 치료에 열심히 임할 리도 없을뿐더러 치료 시간에 맞춰 질문자를 꼬박꼬박 찾아오는 일은 애초에 없었을 것이다.

환자가 질문자를 좋아하든 말든 괘념치 말고 환자에게 필요한 사람이 되고 필요한 치료를 하는 것에만 전념하시라. 생각의 초점을 바꾸면 더는 고민할 필요가 없을 뿐만 아니라 치료사의 본분에 더욱더 집중하고 충실할 수 있게 될 것이다.

작업치료를 몰라주니 서운합니다

저는 작업치료사로서 매우 큰 자부심을 느낍니다. 많은 사람이 작업치료의 가치를 알아주면 좋겠고 작업치료사로서 작업치료를 알리는 일에 힘쓰는 것이 마땅하다고 생각합니다. 그래서 클라이언트를 만날 때마다 최선을 다해 작업치료를 설명하고 알리기 위해 노력하고 있습니다. 그럼에도 불구하고 작업치료의 가치를 몰라주는 클라이언트를 만날 때면 서운한 마음이 듭니다. 어떤 때는 서운한 정도가 아니라 화가 나기도 하고요. 제가 이상한 건지, 또 이렇게 하는 게 맞는 건지 모르겠습니다. 작업치료를 설명하고 알리는 일을 계속해야 할까요, 아니면 그만두는 게 좋을까요? 선생님의 생각은 어떠신지요?

클라이언트 입장에서 생각해 보자. 바라는 게 무엇일까? 작업치료가 뭔지 아는 것일까, 아니면 자기가 원하고 필요로 하는 것을 얻는 것일까?

후자라고 생각한다면 질문자가 바라는 대로 되지 않는 게 당연하다. 작업치료가 뭔지 아는 것은 애초에 클라이언트의 주된 관심사나 최우선순위가 아니었으므로.

그렇다면 질문자가 힘을 쏟아야 하는 것은 무엇이겠는가? 클라이언트의 주된 관심사와 최우선순위에 초점을 맞추는 것이다. 클라이언트의 주된 관심사와 최우선순위를 다루는 데 주력하는 것이다. 그래서 클라이언트가 원하고 필요로 하는 것을 얻게 되었다면 작업치료사로서 해야 할 본분은 다한 셈이다.

이런 관점에서 보면 작업치료를 알리는 것은 부수적인 일이라 할 수 있다. 그건 작업치료를 함께하는 과정에서 클라이언트가 작업치료가 뭔지 궁금해하고 관심이 생겼을 때 알려주면 되는 것이다.

작업치료를 꼭 설명을 통해서만 알려줘야 하거나 알려줄 수 있는 것도 아니다. 가령 클라이언트가 원하고 필요로 하는 것을 얻을 수 있도록 돕는 이들 가운데 작업치료사가 있고, 작업치료사와 함께하는 시간에 하는 일들이 작업치료라고 자연스럽게 알게 하는 방법도 있다.

작업치료가 정말 도움이 되면 말로 설명하지 않아도 클라이언트 스스로 느끼고 경험한 것을 바탕으로 작업치료가 어떤 것인지 알게 되는데, 내 경험에 따르면 이렇게 치료를 통해서 알리는 방법이 더 자연스럽고 효과적이었다.

이런 내 경험을 뒷받침하는 얘기가 있다. 마케팅 전략의 핵심은 브랜드를 알리는 것이 아니라 소비자가 중요하게 여길 만한 제품의 효용을 먼저 알리는 것이라고 한다. 소비자들이 제품의 효용을 인지하면 그다음에는 그들이 알아서 브랜드를 말하기 시작한다는 것이다.

작업치료를 알리는 일도 다르지 않다고 생각한다. 작업치료를 알리고 싶다면 가장 먼저 클라이언트의 욕구와 필요를 읽고 그것을 충족시킬 치료를 선보일 수 있어야 한다. 그래서 클라이언트가 작업치료의 특징과 효용을 인지하면 그다음에는 클라이언트가 알아서 작업치료를 말하기 시작할 것이다.

이제부터는 '작업치료를 왜 몰라줄까'를 고민하기보다는 '작업치료가 클라이언트에게 어떤 의미와 가치가 있을까'를 고민해 보면 좋겠다. 의미와 가치가 있으면 인식은 자연스럽게 따라오기 마련이니까.

이런 생각도 해 보면 좋겠다.

작업치료사가 알고 있는 작업과 작업치료의 정의, 개념, 철학 등을 클라이언트가 반드시 알아야 할 이유가 있을까. 물론 알아주면 좋지만, 반드시 알아줘야 한다고 생각하는 것은 작업치료사 입장에 치우친 생각이 아닐까.

클라이언트를 작업치료 홍보대사로 만들려는 게 아니지 않은가(만약 그렇다면 클라이언트의 허락과 동의를 구하는 것이 먼저다). 클라이언트가 작업치료를 경험해 보고 감동해서 작업치료를 널리 알리고 싶어 한다. 그래서 작업치료가 뭔지 알고 싶어하고 알려달라고 요구하는 것이 아니라면 본인이 경험한 정도만 알아도 충분하지 않을까.

질문자에게 작업치료를 알리는 일이 중요한 작업이라면 계속해 나가시라. 누구도 그걸 두고 옳다 그르다, 좋다 나쁘다, 하라 하지 말라 할 수 없다.

다만 본인이 원하고 좋다면 최선을 다해서 알리되, 반드시 알아줘야 한다는 마음이 아니라 '알아주면 좋고 몰라주면 어쩔 수 없다. 작업치료가 뭔지 알릴 수 있는 기회가 있을 때 그 기회에 최선을 다하는 것에 만족하겠다.'라는 마음으로 해 볼 것을 권한다.

사실 남들이 몰라줘서 괴로워지는 게 아니다. 남들이 알아줬으면 하는 마음에 집착하기 때문에 바라는 대로 되지 않을 때 괴로워지는 거다. 본인이 좋아서 하는 일이니 반드시 알려야 한다는 부담감이나 의무감에서 벗어나 가볍게 이렇게도 해 보고 저렇게도 해 보면서 알리는 과정 자체를 즐겨 보시라.

작업치료를 (잘)하는 건 작업치료사로서 마땅히 해야 할 일이지만 작업치료를 알리는 건 하면 좋고 안 해도 괜찮은 일이다. 알리고 싶다면 내가 아닌 상대를 중심으로 사고해야 효과적인 방법을 찾을 수 있다는 것을 기억하시라. 그리고 반드시 알리겠다는 마음보다는 상대도 같이 알면 좋겠다는 마음으로 가볍게 즐기듯 해 나가길 바란다.

작업치료를 몰라줄 때의 이점

작업치료를 몰라주는 것이 오히려 이점이 될 때가 있다.

작업치료를 모른다는 건 작업치료에 대한 기대가 없다는 얘기나 마찬가지다. 아니면 그 기대치가 매우 낮거나. 기대도 뭘 알고 관심이 있어야 생기는 법이다.

클라이언트로서는 기대치 않은 치료가 조금만 좋아도 기대 이상의 효과를 본 것이니 좋고, 치료가 별로여도 애초에 기대한 게 없으니 실망할 것이 없어서 좋다.

그런 관점에서 본다면 치료사는 부담 없이 치료에만 전념할 수 있으니 좋다. 클라이언트의 기대를 의식할 때 생기는 부담감이나 압박감을 감당하기 위해 써야 할 시간과 에너지를 오롯이 치료에 투입할 수 있는 것이다.

한쪽으로만 생각하면 좋을 게 없을 것 같지만 다른 쪽으로도 생각해 보면 꼭 그런 것만은 아니라는 걸 깨닫게 된다. 작업치료를 몰라주는 데서 생기는 불이익도 분명 있지만, 몰라주기 때문에 생기는 이점도 분명 있다. 그래서 작업치료를 알아주면 고맙고, 몰라줘도 괜찮다.

다른 사람의 인정이 고플 때

내가 나를 인정할 줄 알면 다른 사람의 인정 따위는 필요하지도 중요하지도 않게 된다. 다른 사람의 인정을 받고 싶어 안달이라면 그것은 내가 나를 인정할 줄 몰라서 일 수도 있다는 거다. 인정이 필요한데 그걸 나 스스로 해결할 줄 모르니 외부에서 구하려는 게 아닐지 자문해 봐야 하는 이유다.

다들 인정을 구하려고만 한다면 어떻게 될까? 서로가 서로를 인정하기는 더욱더 어려워질 수밖에 없다. 다들 자기 앞가림하기도 바쁜데 다른 사람이 어떤지 살필 여력이 어디 있겠는가. 인정받고 싶은 사람은 넘쳐나는데 인정해 줄 사람이 부족하니 문제가 생기지 않을 수 없다. 인정 투쟁이 만연하고 열등감이나 우울증에 시달리고 괴로워하는 사람이 늘어나는 건 당연지사다.

내가 나를 인정할 줄 알면 다른 사람의 인정에 연연할 필요가 없다. 인정 욕구를 느낄 때마다 스스로 해결할 수 있기 때문이다. 마치 배고픔을 느낄 때 직접 음식을 해 먹음으로써 식욕을 스스로 해결할 수 있는 것처럼 말이다.

내가 나를 인정할 줄 안다는 것은 이미 익숙한 말이 됐지만 나 자신을 있는 그대로 긍정할 수 있는 것을 뜻한다. 즉 나라는 존재 앞에 어떠한 조건이나 수식어도 붙이지 않고 지금의 나를 소중히 여기고 사랑할 줄 아는 것이다.

'잘생겼고 예쁘고 몸매가 장난이 아니고 건강하고 돈도 잘 벌고 치료도 잘하니까 난 훌륭해' '못생겼고 예쁘지 않고 몸매가 장난이고 아프고 돈도 못 벌고 치료도 못하니까 난 형편없어'

이렇게 내 앞에 이런저런 조건이나 수식어를 붙이고 그에 따라 나를 다르게 평가하고 인식하는 것이 아니라 나니까 괜찮고 나라서 소중하고 사랑할 수밖에 없는 것이다. 또 그렇기 때문에 나라는 존재 앞에 그 어떤 조건이나 수식어도 붙일 필요가 없는 것이고.

나를 있는 그대로 인정할 줄 알면 다른 사람에게 나를 입증하느라 쓸데없이 힘을 빼고 애쓸 필요가 없게 된다. 다른 사람이 나에게 관심이 있든 없든 나를 인정하든 안 하든 상관하지 않게 된다. 인정 투쟁에 뛰어들거나 열등감이나 우울함에 시달리고 괴로워할 일도 애초에 생기지 않는다.

그뿐인가. 나를 있는 그대로 인정할 줄 알면 다른 사람도 있는 그대로 인정할 줄 알게 된다. 그 역시 나처럼 세상에 단 한 명뿐인 소중한 존재이며, 존재에는 그 어떤 조건이나 수식어도 필요치 않다는 것을 이해하게 되기 때문이다.

물론 다른 사람의 인정을 바라는 건 인간의 자연스러운 욕구이다. 그렇기에 무조건 없애거나 억누르는 것은 바람직하지 않을뿐더러 가능한 일도 아니다.

내가 하고 싶은 말은 주변에 나를 인정해 주는 사람이 있으면 다행으로 여기되, 그런 이가 없다면 다른 사람의 인정에 연연하지 말고 내가 나를 인정해 주면 된다는 것이다. '남이 나를 알아주지 않으면 어떠한가. 내가 나를 알아주면 되지.' 하고 말이다.

내가 나를 인정하고 긍정하는 만큼 삶도 자유롭고 충만해질 것이다. 아니, 자유롭고 충만해진다.

노력에도 선택이 필요하다

노력이라고 다 좋은 것은 아니다. 좋은 음식과 나쁜 음식, 좋은 습관과 나쁜 습관이 있듯이 노력에도 좋은 노력과 나쁜 노력이 있다.

바라는 바를 이루기 위해 노력할 뿐 결과에 연연하지 않는다. 결과가 좋으면 다행이고 안 좋아도 괜찮다. 더 노력하고 싶으면 다른 방법을 찾아 다시 해 본다. 그래도 안 되겠다 싶으면 쿨하게 그만둘 줄 안다.

실패해도 낙담하거나 괴로워하지 않는다. 원하는 대로 되지 않는다고 실망하거나 후회하거나 좌절하지도 않는다. 하고 싶은 걸 해 봤다는 것에 만족하고 경험한 것을 통해 배우고 성장할 줄 안다.

이런 노력은 '좋은 노력'이다.

바라는 결과를 얻지 못할까 봐 늘 노심초사한다. 결과가 좋으면 다음에 안 좋을까 봐 걱정, 안 좋으면 안 좋아서 걱정이다. 더 해 보고 싶은 마음이 있어도 지레 안 될 거라 생각하고 포기해 버린다.

실패하면 낙담하고 괴로워한다. 원하는 대로 되지 않은 것에 실망하고 후회하고 좌절한다. 하고 싶은 걸 해 봤다는 것은 아무런 도움이 되지 못한다. 노력을 결과를 위한 수단으로 여기는 까닭이다. 경험은 상처로 남아 노력하기 전보다 나을 것이 없거나 오히려 더 안 좋은 상태가 된다.

이런 노력은 '나쁜 노력'이다.

한 마디로 자기 자신에게 유익하면 좋은 노력, 유해하면 나쁜 노력인 거다. 무조건 노력할 것이 아니라 어떤 노력을 기울여야 하는지, 어떤 노력을 기울이고 있는지 알고 노력해야 하는 이유다. 모든 일이 그러하듯 노력에도 선택이 필요한 것이다.

치료의 evidence를 찾기가 어려워요

"치료할 때 evidence-based로 해야 한다"라는 말을 많이 들었습니다. 이제 치료사가 되었으니 evidence-based 치료를 해야겠다고 생각하고 논문이나 책에서 치료의 evidence를 찾아보고 있는데, 찾기가 어렵습니다. 제가 잘 찾지 못해서 그런 것 같기도 하고 없어서 못 찾는 것 같기도 하고, 무엇 때문인지 잘 모르겠습니다. 치료의 evidence를 어디서 어떻게 찾아야 할까요?

치료의 evidence란 간단히 말해 치료를 왜 그렇게 해야 하는지 설명하고 납득시킬 수 있는 근거라 할 수 있다. 그러한 근거를 바탕으로 하는 치료가 곧 evidence-based 치료이다.

달리 말하면 지금 클라이언트와 함께하는 치료를 왜 그렇게 해야 하는지 나 자신에게나 다른 사람에게 설명하고 납득시킬 수 있어야 evidence-based 치료를 한다고 할 수 있다는 거다.

그러한 근거가 없거나 부족하다면?

나름의 근거는 있지만 이를 자기 자신이나 다른 사람에게 설명하려 할 때 횡설수설하거나 중언부언하게 된다면?

머리로는 알겠는데 조리 있게 설명하거나 납득시킬 수 없어서 답답하다면?

설명할 수 없다면 이해했다고 할 수 없다. 설명할 수 없는 이유는 단순히 말주변이 없거나 좋지 않아서가 아니다.

그건 생각이 정리되지 않아서다. 왜 그렇게 치료해야 하는지 설명하고 납득시킬 수 있는 핵심을 꿰뚫고 있지 못해 서다. 그렇기 때문에 대상에 맞게 설명하거나 전달할 수 없 는 것이다.

보통 논문이나 이론, 모델을 evidence라고 생각거나 evidence와 동일시하는 경향이 있다. 그러나 엄밀히 말하면 논문이나 이론, 모델은 evidence가 아니라 치료의 evidence 를 마련하는 데 활용 가능한 reference라고 봐야 한다.

내 클라이언트를 위한 치료에 딱 맞는 혹은 그대로 적용 할 수 있는 논문, 이론, 모델을 찾을 수 없는 이유도 마찬 가지다.

논문, 이론, 모델은 내가 만난 개별적이고 고유한 존재(클 라이언트)를 대상으로 만들어진 것이 아닐뿐더러 그 존재가 필요로 하는 치료에 맞춰 만들어진 것도 아니다. 각각의 목 적과 가설, 그것을 뒷받침하는 내용을 중심으로 클라이언트 를 이해하고 작업치료를 해 나가는 데 도움이 되거나 참고 혹은 참조가 될 만한 방향성과 정보를 제시할 뿐이다.

그렇기 때문에 논문, 이론, 모델 등은 내 클라이언트를 위 한 치료의 reference는 될 수 있을지언정 그 자체가 치료의 evidence일 수는 없는 것이다.

요컨대 내 클라이언트의 치료를 위한 evidence는 찾는 것이 아니라 만들어야 하는 것이며 발견되는 것이 아니라 만들어지는 것이라 할 수 있다. 질문자가 논문과 책을 아무리 뒤져봐도 본인 치료에 정확히 들어맞는 evidence를 찾을 수 없었던 이유도 여기에 있다.

논문이나 이론, 모델의 내용을 그대로 가져다 쓰거나 그것에 맞춰 클라이언트의 치료를 설명하는 것을 evidence-based practice라 착각하지 마시라.

evidence-based practice의 핵심은 지금 만나는 클라이언트와 어떤 치료를 어떻게, 왜 그렇게 해야 하는가를 설명하고 납득시킬 수 있는 근거를 마련하는 데 있다. 그 근거는 논문이나 이론, 모델에 보란 듯이 나와 있는 게 아니라 클라이언트와 함께 만들어야 하는 것임을 명심하시라.

이제부터는 있지 않은 것을 찾으려 하지 말고 클라이언트와 함께 치료의 evidence를 만들어가는 데 주력하시라. reference를 reference로써, 그 쓰임에 맞게 활용하면서.

치료에 확신이 없어서 힘들어요

치료하면서 지금 하는 치료가 적절한지, 잘하고 있는 건지 확신이 서지 않아 힘듭니다. 확신이 없는 치료를 계속해도 되는 건가 싶고, 시간이 지나도 계속 똑같을 것 같아서 불안합니다. 어떻게 하면 좋을까요?

확신이 없는 건 좋은 거다. 왜냐. 끊임없이 자기 자신과 지금 하는 치료를 돌아보며 생각하고 고민하고 연구하게 되니까.

'지금 잘하고 있는 건가?' '이렇게 하는 게 맞는 건가?' '더 나은 치료는 없을까?' '지금 하는 치료가 클라이언트에게 적합한 건가?' '클라이언트에게 필요한 치료를 하려면 무엇을 어떻게 더 해야 할까?'

확신이 없기 때문에 이렇게 스스로 묻고 해답을 구하는 여정을 시작할 수 있는 것이다. 기존의 생각과 방식을 그저 답습하는 데서 벗어나 필요에 따라 유연하게 생각하고 방식을 바꿈으로써 변화를 만들어낼 수 있는 것이다. 그러한 과정을 통해서 치료는 물론 자기 자신도 더 나아질 수 있는 것이고.

문제는 확신이 없는 것이 아니라 그럴 때마다 습관적으로 불안과 걱정으로 반응하는 것이다. 질문자는 확신이 없어서 불안하고 걱정하는 거라 생각하지만 틀렸다. 확신이 없어서가 아니라 확신이 서지 않을 때마다 불안과 걱정으로 반응하는 것에 익숙해진 탓이다. 마음만 달리 먹으면 얼마든지 다르게 반응할 수 있는데도 말이다.

확신이 없을 때 어떻게 반응할지는 전적으로 질문자에게 달린 일이다. 확신이 서지 않을 때마다 지금처럼 계속 불안해하고 걱정할 것인지, 아니면 변화에 필요한 생각과 연구를 시작하는 기회로 삼을 것인지 말이다.

확신은 그냥 생기는 것이 아니다. 확신이 서지 않는 이유를 생각해 보시라. 이유를 알면 무엇을 어떻게 해야 할지도 알 수 있다. 그렇게 해서 알게 된 것을 실행해 보시라.

해 보고 안 되면 왜 안 되는지, 시도하면서 무엇을 배우고 깨닫게 되었는지, 다시 무엇을 어떻게 해 봐야 하는지 생각하고 연구하시라. 그리고 그것을 다시 실행해 보시라. 이 과정을 될 때까지 반복하는 것, 확신은 그러한 과정에서 생겨나는 것이다.

치료에 확신이 없는 거, 당연하다. 치료엔 정답이 없으니까. 치료란 늘 새로운 해답을 구하는 과정의 연속이고 어떤 경우에도 결과를 100% 장담할 수 없는 거니까. 의구심이 생기는 게 당연하고, 고민하는 게 맞는 거다.

확신이 없다. 불안해하고 걱정할 것인가, 아니면 더 나은 치료를 위해 생각하고 연구할 것인가? 답해보길 바란다.